ENFER
183

Sonnets Gaillards

et Priapiques

... DES MANUSCRITS DE ...

publié pour la première fois avec un Avant-Propos

PAR UN

BIBLIOPHILE ...

PARIS

LIBRAIRIE INTERNATIONALE ... EDITION

... DES BEAUX ARTS ...

SONNETS GAILLARDS

ET PRIAPIQUES

Sonnets Gaillards

et Priapiques

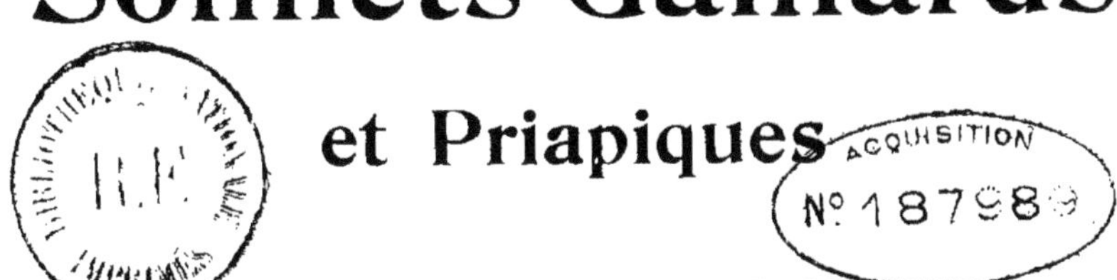

EXTRAITS DES MANUSCRITS DE CONRART

(BIBLIOTHÈQUE DE L'ARSENAL)

Publiés pour la première fois avec un Avant-Propos

PAR UN

BIBLIOPHILE INCONNU

PARIS

BIBLIOTHÈQUE INTERNATIONALE D'ÉDITION

9, RUE DES BEAUX-ARTS, 9

MCMIII

AVANT-PROPOS

De tous les recueils manuscrits de Conrart,
un des plus copieux, des plus riches tant pour
la variété des textes qu'il présente que parce
qu'il intéresse particulièrement les laborieux
d'histoire littéraire et les amateurs de vieille
poésie française, est sans nul doute le tome
XVIII de la collection in-4°, portant à la
Bibliothèque de l'Arsenal le numéro 4123 (1).
Feuilleté incessamment, il ne paraît pas avoir
divulgué tous ses trésors ; nous y avons découvert des pages inédites. C'est, indiquons-le

(1) Pour le dépouillement de ce tome, consulter le
Catalogue des manuscrits de la Bibliothèque de l'Arsenal,
par Henry Martin, tome IV, pp. 210 et ss., Paris, Plon,
1888, in-8°.

sommairement, un volume fort épais où des poésies connues jusqu'à la banalité, voisinent avec des pièces qu'on ne saurait retrouver dans aucun ouvrage du temps .On y lit, tout à la fois, des vers libres touchant la vie et les mœurs de personnages notoires, des stances, des quatrains, des rondeaux, des métamorphoses et autres productions galantes ou érotiques. Il semble qu'en faisant transcrire en plein XVIIᵉ siècle, la plupart des morceaux qui le composent, Conrart ait eu à dessein de former une sorte de galerie luxurieuse et satyrique.

Voici au début un quatrain anonyme fort audacieux, contre la Duchesse de Beaufort expirante, puis un madrigal « envoyé à M. de Villarceaux au nom de Mademoiselle de Maintenon », des stances de Madame de Villarceaux à Mademoiselle Testu, des priapées italiennes, des épigrammes lascives, parmi lesquelles il en est de Marc de Maillet [1] *et d'une foule de*

---

(1) Nous en cueillons une fort caractéristique :

De Maillet à une Dame qui vouloit estre fort respectée.

> Votre grandeur m'est bien connüe
> Aussi vous respecté-je en tout,
> Mon v. même, quand il vous fout
> Ne vous fout que la tête nue.

poètereaux impertinents. L'ordre chronologique inquiéta peu le copiste chargé de les réunir, puisqu'il accueillit indifféremment — mais non sans variantes, — un sonnet de Mathurin Régnier [1]*, des œuvres légères de Malleville et de Voiture,* la Rome Ridicule, *la* Pétarade au Rondeau, *de Saint Amant, la* Satyre de la Pauvreté des Poètes, *par Boissières, des sonnets de Saint Pavin, des énigmes de Vion Dalibray et de Cotin, des fantaisies burlesques de Scarron. Tout cela se suit sans ordre systématique, ni chronologique, sans méthode, parfois sans signature, mais les pièces trahissent souvent lanonymat, malgré l'uniformité d'une jolie écriture, ronde et précieuse.*

C'est un fatras pour quiconque n'est point familier avec la littérature des XVIe *et* XVIIe *siècles, mais que de trouvailles il autorise ! Aussi bien, est-ce parmi ces pages surannées que nous avons découvert une série de sonnets qu'on nous*

---

[1] *A. du Montier, excellent peintre.*

SONNET

Hé bien ! mon Du Monstier comment vous portez-vous ?

(Cette pièce n'a point été recueillie par les éditeurs de Mathurin Régnier).

saura gré de publier ici. Ils forment une minorité dans ce recueil de près de treize cents pages, mais ils ne laissent pas que d'attirer l'attention du chercheur le moins avisé, et nous demeurons surpris qu'aucun, parmi les derniers éditeurs du Parnasse et du Cabinet satyrique, ne les ait connus et tirés de l'oubli.

Leur nombre est restreint, mais leur mérite — tout érotisme mis à part — est loin du vulgaire. Nous en avons compté XLVIII, parmi lesquels il en est XXIX d'inédits [1].

---

(1) Sur ces XLVIII pièces, nous n'avons cru devoir en accueillir que XXXVII, l'intérêt de la présente plaquette nous ayant obligé à écarter en même temps que VIII pièces assez faibles d'invention, ou renfermant des allusions politiques et religieuses trop peu appréciables, trois autres pièces, l'une de Théophile :

Philis tout est foutu, je meurs de la verole,

publiée dans l'édition de ses œuvres de 1856, les deux autres de Mathurin Régnier :

Hé bien ! mon Du Monstier comment vous portez-vous ?

et de Motin :

Vous voulez dites-vous estre religieuse,

se retrouvant, avec variantes, dans l'édition récente des *Poètes satyriques des XVI° et XVII° siècles* (Paris, Biblioth. intern. d'édit., 1903, in-18).

Les sonnets que nous publions ici, occupent dans le manuscrit Conrart, t. XVIII, les feuillets 209 à 217, 221 à 225, 227, 229 à 231, 233 à 236, 297, 301, 309 à 312, 349, 361 à 633, 365 à 369 inclus.

Les autres, se retrouvent pour la plupart soit dans les Muses incognues *de 1604, soit dans le* Cabinet satyrique *(1618), le* Parnasse satyrique *(1623), le* Nouveau Parnasse satyrique *(1684), ou la plus récente édition des œuvres de Théophile (Paris, Jannet, 1856).*

Aucune note, pas plus en marge et en bas de page qu'à la table, ne décèle leur véritable auteur, mais si l'on observe attentivement leur forme, et qu'on tienne compte du cynisme de leur invention, ils paraissent avoir été composés par divers poètes du groupe de Mathurin Régnier, de Sigognes et de Théophile. Des noms nous viennent en évoquant la lubrique éloquence des écrivains qui participèrent aux recueils satyriques du commencement du XVIIᵉ siècle, mais aucune preuve — sauf en ce qui concerne une pièce appartenant à Sigognes et publiée dans le Cabinet satyrique, *— n'est venue justifier notre opinion.*

Quelques recherches que nous ayons faites jusqu'à présent pour leur établir une paternité certaine, ils offrent en dépit même des allusions qu'ils contiennent, une sorte d'énigme littéraire qu'on ne parviendra sans doute jamais à déchiffrer.

Qu'importe d'ailleurs, le mystère qui les entoure, ils n'en demeurent pas moins un témoignage précis des mœurs et de l'esprit d'une époque curieuse de notre histoire.

UN BIBLIOPHILE INCONNU.

NOTE DE L'ÉDITEUR. — Ainsi qu'on le remarquera, le copiste de Conrart altéra parfois le texte des vers qu'il recueillit, en leur imposant une orthographe postérieure à leur création. Quoique opposés par principe à ce travestissement, nous nous sommes gardés d'en rien changer. Dans bien des cas d'ailleurs, la version du manuscrit où nous avons puisé, doit être considérée comme originale, sinon définitive.

SONNETS GAILLARDS

ET PRIAPIQUES

Multipliez le monde en vôtre accouplement,
Dit la voix éternelle à notre premier Père,
Et luy, tout aussi tôt, désireux de le faire,
Met sa femelle bas, et la fout vitement.

Nous, qui faisons les fous disputons sottement,
De ce Dieu tout-puissant la volonté si claire,
Par une opinion ouvertement contraire
Nous mêmes nous privant de ce contentement.

Pauvres! qu'attendons nous d'une bonté si grande!
Ne fait-il pas assez, puisqu'il nous le commande?
Faut-il qu'il nous assigne et le temps et le lieu?

Il n'a pas dit, Foutez; mais grossiers que nous sommes!
Multiplier le monde en langage de Dieux,
Qu'est-ce si ce n'est foutre en langage des hommes?

J'avois passé quinze ans les plus doux de ma vie
Sans avoir jamais sceû quel estoit cet effort
Ou le branle du cu fait que l'ame s'endort,
Quand on a dans un c. son ardeur assouvie.

Ce n'estoit pas pourtant qu'une eternelle envie
Ne me fit souhaiter une si douce mort;
Mais le v. que j'avois n'estoit pas assez fort
Pour rendre comme il faut une Dame servie.

Cependant, je travaille et de jour et de nuit,
Pour réparer la perte et le temps qui s'enfuit;
Mais déja l'occident menace mes journées

O ciel! je vous invoque, aydez à la vertu,
Par un acte si doux prolongez mes années
Ou me rendez le temps que je n'ay pas foutu.

Que tu me parois belle en un age si tendre !
Que j'ayme ces cheveux et si beaux et si longs !
Ça, mon cœur, aymons-nous, et tous deux travaillons
A ce métier si doux que je te veux apprendre.

Je t'ayme d'une ardeur qui ne se peut comprendre,
Je verserois pour toy mon sang à gros boüillons,
Et si j'avois cent v., et dix mille c...llons,
Ils seroient tous à toy, si tu les daignois prendre.

Ce qui témoigne bien l'amour que j'ay pour toy,
C'est que j'ay le v. roide alors que je te voy
Et qu'en te regardant j'enrage de te foutre ;

Quoy ! tu me ris au nez, comme n'en croyant rien,
Vrayment tu me fais tort ; mais sans passer plus outre,
Laisse moy foutre un coup, tu le sentiras bien.

Je ne suis point content, Cloris, quoy que tu fasses,
Qu'aussi bien que nos cœurs nos corps ne soyent unis,
Est-ce assez d'un baiser pour des maux infinis ?
Je n'en suis point content, il faut que tu m'embrasses.

Gardons nous, gardons nous de separer les Grâces,
De leur division nous serions trop punis ;
Ainsi dit à Cloris son fidele Daphnis,
En poursuivant toûjours ses amoureuses traces.

Lors que le cœur épris d'un semblable désir,
La Nymphe luy répond avec un doux soupir
A ta discrétion, Daphnis, je m'abandonne ;

Nous serons l'un et l'autre aujourd'hui satisfaits,
Je ne te compte point les biens que je te donne,
Et ne me compte plus les maux que je t'ay faits.

Approche, embrasse moy, ne fais plus la farouche,
L'Amour est un plaisir et si juste, et si doux,
Serre moy de tes bras, mets ta langue en ma bouche,
Aussi bien que ton cœur ouvre moy les genoux.

Il semble, mon soucy, que tu craignes la touche,
Prens mon v. d'une main, et voy comme je fous ;
C'est trop te cajoller, il faut que je te couche,
Et bien je suis dessus et te voila dessous.

J'entre, lève le c., je suis dedans, je pousse
Tire à toy, ne crain rien, cette peine est trop douce,
Ha ! ha ! ha ! je décharge, ô quel aymable effort !

Quoy ! tu sembles mourir, non, non, belle Silvie,
Ne t'imagine pas qu'on te donne la mort
Puis-qu'on a fait cela pour te donner la vie.

Gagnons le jubilé, n'usons plus de remises,
Cloris, ne parlons plus de bal, ni de balets,
Prens de petits souliers, reforme tes colets,
Jeûnons, donnons l'aumône, allons aux quinze Églises.

Change en austerité toutes tes mignardises,
Lis tes heures au lieu de lire mes poulets,
Défile tes coliers, fays en des chapelets,
Et prions tant, qu'en fin nos fautes soyent remises.

Tu sçays bien que l'Amour n'eut jamais de plaisirs,
Dont nous n'ayons ensemble assouvis nos désirs,
Et que nous méritons une peine eternelle;

Mais pour avoir du Ciel ce que nous prétendons,
S'il faut nous repentir d'une faute si belle,
Nous aurons bien du mal à gagner les pardons.

En fin, vous m'offencez de faire ainsi la sotte,
Il faut résolument que vous me contentiez,
Et sans tant de discours que vous me permettiez
Qu'en ce lieu flanc à flanc contre vous je me frotte.

En deussiez vous crever, je vous prendray la motte,
Défendez vous des dents, et des mains et des pieds,
Il faut que je vous foute, ou que vous me foutiez,
L'arrêt en est donné ; troussez-moi votre cotte.

Vous voyez ce gros v. que je ne puis domter,
Tout au milieu du c., je vous le vais planter,
Vous avez beau crier, c'est un point necessaire.

Dans un si beau dessein, je suis trop engagé ;
Maintenant si j'ay tort ou raison de le faire
Nous l'examinerons quand j'auray déchargé.

C'est un étrange cas qu'en ce monde qui passe
Comme on voit les torrens qui s'écoulent en bas,
Si l'homme a du plaisir, il ne luy dure pas,
Et tout incontinent la Nature s'en lasse.

Vous me confesserez que le foutre surpasse
Tout ce qu'on peut sentir d'agreables appas,
Même ce qui se boit aux célestes repas,
Comme fait un haut mont une campagne basse.

Toutes fois, remarquez, foutons, et refoutons,
Puis estant délassez, aussi tôt remontons,
Tant que la seule mort nous en ôte l'envie;

Si nous avions rangé tous nos coups bout à bout,
Quand nous aurions vécu quinze lustres de vie,
Nous n'aurions pas foutu six semaines en tout.

J'ayme dedans un bois à treuver d'aventure
Dessus une Bergere un Berger culetant,
Qui s'attaquent si bien, et s'ecarmouchent tant
Qu'ils meurent à la fin au combat de nature.

J'ayme à voir dans les prez, non leur belle peinture,
Mais un Belier cornu sa femelle foutant,
Et le Bouc echauffé sur la sienne montant,
Pour un si doux ébat oublier la pâture.

J'ayme à voir dans les prez en un pareil effort,
Le Taureau qui se joint à la Vache si fort,
Qui voudroit, s'il pouvait, la percer d'outre en outre.

Le foutre est à mes yeux un printemps diapré,
Au cœur un Paradis; et si je ne voy foutre,
Je n'ayme plus ni bois, ni campagne, ni pré.

Pour foutre un pauvre coup, mon Dieu qu'on a de mal !
Mon v. ne sauroit faire assaut qu'il ne s'enferre,
On court bien du hazard à faire tant la guerre ;
Mais par dieu le Bordel est bien aussi fatal.

Mon v. est devenu plus clair que du crystal,
Et boursoufflé par tout d'un venimeux caterre *(sic)*
Quand il pense cracher son apostume à terre
Une carnosité luy bouche le canal.

Barbier, ton industrie et ton expérience
Me coute trop d'argent et trop de patience,
Mon v. depuis deux mois boit par jour un écu ;

Nature a mis le mal bien près de son remède,
Celuy qui fout en c. n'est pas si loin du Cu,
Qu'il ne le puisse un jour invoquer à son ayde.

Icy nâquit un homme et mourut tout soudain,
Icy de son berceau il fit sa sépulture,
Un Bougre, qui forçant les lois de la Nature
Fit tenir lieu de c. à sa lubrique main.

Un instant fut son âge, et le Père inhumain
Qui put voir d'un œil sec périr sa créature
L'exposa dans ce champ, où la terre moins dure
Que ce cœur de rocher, le receut dans son sein.

Passant, si la pityé a d'assez puissans charmes
Pour te faire verser en ce lieu quelques larmes,
Arrouse de tes pleurs le tombeau que tu vois ;

Et s'il te prend jamais une pareille envie,
Souvien-toy d'arrêter la fureur de tes doigts,
Puis-qu'ils donnent ensemble et la mort et la vie.

Voicy la belle main cruellement lubrique,
Qui sçeut si dextrement se servir du poignet,
Qu'au temps que le dernier de nos Valois régnoit,
Maugiron eût esté jugé paralytique.

O combien dextrement elle branloit la pique !
O qu'avec de plaisir un v. elle empoignoit !
Puis l'exercice fait, jamais ne se baignoit
Qu'en l'eau qui découloit du vase spermatique,

Qu'à des v. cette main a fait faire d'excès !
Pour avoir du savon de Madame d'Usez !
Combien plus que Cormier cette main fit de sausses !

Combien plus qu'en extase elle a d'homme ravis !
Combien manié moins d'épingles que de v. !
Et n'eut jamais manchon qui ne fût haut de chausses.

Que je suis tourmenté par un injuste sort !
Toujours à mes desseins la fortune est contraire,
La femme de Césy m'a quitté pour mon frère,
Avecque des mépris plus fâcheux que la mort.

Antragues pour moy seul a pû faire un effort,
Et de moy, seulement s'est fait nommer sévère,
Et chez Madame Aubry un puissant adversaire
M'a fait voir que l'argent est par tout le plus fort.

Madame de Vilars n'est plus qu'une guenuche,
Saint Brisson avec moy a partagé Fanuche,
Et ma garce ordinaire est dedans le Bordeau ;

Qu'en dis-tu ma raison ? qu'est-ce qui te retarde ?
Que ne vas tu chercher un plaisir tout nouveau,
Et voir en sureté le jeune Bellegarde ?

Ça, ça pour le dessert, troussez moy cette cotte,
Vîte, et chemise et tout, qu'il n'y demeure rien,
Qui me puisse empêcher de reconnaître bien
Du plus haut du nombril jusqu'au bas de la motte.

Voyez ce traquenard qui se pique sans botte,
Et me laissez a part tout ce grave maintien,
Suis-je pas votre cœur ? Estes-vous pas le mien ?
C'est bien avecque moy qu'il faut faire la sotte !

Il est vray, mais je crains de vous échaufer trop,
Remettez-vous au pas, et quittez le galop ;
Ma belle, laissez moy, c'est à vous de vous taire.

Ma foy, vous vous gâtez, en sortant du repas ;
Mon cœur, vous dites vray ; mais se pourroit-il faire
De voir un si beau c.., et ne le foutre pas ?

Je songeois que Philis, des enfers revenüe,
Belle comme elle estoit à la clarté du jour
Vouloit que son fantôme encore fit l'amour,
Et que comme Ixion j'embrassasse une nüe.

Son ombre dans mon lit se glisse toute nue,
Et me dit, cher Amant, me voicy de retour,
Je n'ay fait qu'embellir en ce triste séjour
Où, depuis ton depart, le sort m'a retenüe.

Je viens pour rebaiser le plus beau des Amans,
Je viens pour remourir en tes embrassemens ;
Alors qu'en cette Idole eut abusé ma flame,

Elle me dit, à dieu, je m'en vais chez les morts,
Comme tu t'es vanté d'avoir foutu mon corps,
Tu te pourras vanter d'avoir foutu mon ame.

Toy qui cours l'eguillette, et d'estoc et de taille,
Aymant mieux trois putains, que trois mots de vertu,
Pour t'avoir imité mon argent est foutu,
Philidor, tu me vois sans denier et sans maille.

Mais ce qui plus encor maintenant me travaille,
C'est le dépit que j'ay, qu'Alain au pié tortu,
Me trouvant sur sa femme, après m'avoir batu,
Ait pensé m'avaller comme une huitre à l'écaille.

Je quitte maintenant le sejour du Bordel,
Afin de consulter les écrits de Bandel,
Agréable entretien d'un cœur mélancolique ;

Mais pour charmer mon deuil par forme d'entregent,
Je ne laisserai pas de bien branler la pique,
Et contraindray mon v. à pleurer mon argent.

Le même feu divin qui devora Gomorre,
Tomba l'un de ces jours au Faux bourg Saint-Germain,
Où cet ange vengeur, apparaissant encore,
Portant l'ire en ses yeux, et la flame en la main.

Tous vœux sont impuissans sur cet Ange inhumain,
Qui veut exterminer ce que le Ciel abhorre,
Déja son feu céleste une maison dévore ;
Mais ce n'est pas assez pour une telle faim.

Lors qu'une bonne Dame, à la jupe haussée
Plus puissante que Lot, et bien mieux exaucée,
Sans s'arrêter aux vœux recourt à l'action.

Et Cotillon en l'air par toute la famille,
Prononça ces beaux mots tous pleins d'affection,
Foutons, foutons en c.n nous sauverons la ville.

Je songeois cette nuit qu'enfin cette farouche
Qui n'eût jamais pour moy de mouvemens courtois
Estoit entre mes bras, et que je la foutois
Si bien qu'à tous momens nous ébranlions la couche.

Mon v. dedans son c., ma langue dans sa bouche,
Lui témoignoyent assez l'ardeur que je sentois;
En ce plaisant combat, souvent je luy portois,
Et n'ay mis bas le fer qu'à la septième touche.

Cependant, au réveil je n'ay rien dans mes bras,
De mon foutre perdu ma chemise, et mes draps,
Semblent me reprocher le visible dommage.

Ah! si Cloris vouloit epreuver mes efforts!
J'ay déchargé sept fois en foutant son image,
Que ne ferois-je point si je foutois son corps?

Je ne m'étonne pas que dès le second jour
Sans nulle émulction, ni remède topique,
Le chancre qui campoit sur le bout de ta pique
Voulut abandonner un si triste sejour.

Le travail de la Muse, et celuy de l'amour
Qui depuis un long temps rendent ton corps ethique,
Sont cause qu'après eux ce glouton domestique
Ne treuva plus de quoy te manger à son tour.

De sorte que voyant que tu portois la mine
De luy faire chez toy des leçons de lésine,
Et qu'effectivement il estoit au filct ;

Il ronge son lien, il devore sa bride
Et s'enfuit promptement de ce squelette aride,
De crainte que la faim ne le prît au colct.

Qu'une sévère loy tient Dorinde captive !
Le vice et la vertu la gêne[nt] également,
Et son cœur des plaisirs attiré doucement,
Touché de repentir en même temps s'en prive.

Elle brûloit pour moy d'une flame lascive,
Et vouloit satisfaire à son embrasement,
Quand l'heure du salut fit naître en un moment
Le souvenir du sien à son ame craintive.

Un même temps nous vit baiser et prier Dieu,
Le Temple et le Bordeau ne fut qu'un même lieu,
Commencer et finir n'eut point de différence ;

Mais nous ne verrons plus même chose arriver ;
Car si toute vertu mérite récompense
Nous méritons de Dieu qu'il nous laisse achever.

Alix estant sur le retour
De son âge déjà passée,
Avoit banny de sa pensée
Tout dessein de faire l'amour

Alors qu'un Bougre de la Cour
Pour son fils eût l'âme blessée,
Et baisa d'une chaude arsée
Ce mignon plus beau que le jour.

La Nature ne s'en put taire
Et cette généreuse Mère,
Qui jamais ne craignit de v.,

S'écria, luy livrant batailles,
Pren mon c.n laisse-la mon fils,
Il m'est plus cher que mes entrailles.

Cher Vigeon, que ta mort va nous couter de peines!
Qu'un v. est malheureux d'arser dans un païs
Où l'on punit du feu ces nobles appétis
Qui ne sont condamnez que chez les souveraines!

Ordonnez, pour le moins aux femmes d'estre saines,
Juges, si vous avez quelque pityé des v.
Seigneur, fay que les c. deviennent plus petis,
Et qu'ils n'ayent jamais ni fleurs, ni mal-semaines.

Bougres, qui l'aveu veû, sans l'oser secourir,
En chemise, tout nu, dans la Grève mourir.
Qui pouvoit retenir votre fureur lubrique?

Plutôt que luy chanter tristement un Salve,
Il falloit sur le feu venir branler la pique;
Le feu se fût éteint, et vous l'eussiez sauvé.

Notre amy si frais, et si beau,
Que Venus en estoit blessée
A la couleur plus effacée
Qu'un mort de trois jours au tombeau.

C'est vous Damoiselle Ysabeau,
Qui l'effoutez (*sic*) de telle sorte,
Quand sous luy vous faites la morte,
Qu'il n'a que les os et la peau.

Quand de trop d'aise il vous ravit,
Vous lui succez l'ame du v.
Et de votre main sadinette.

Vous le pressez, vous le dressez,
Et croy, ma foy, que vous pensez
Que son v. soit une espinette.

Un parler ordinaire, avec afféterie,
De perles, de rubis, et d'un grand diamant,
Et pour deux ou trois coups vouloir effrontément
Tout ce qu'au Pont-au-Change on voit d'orfévrerie.

En femme d'Archiduc faire la renchérie,
Commander à baguette, offenser librement,
Toujours couteau sur table, un boire insolemment,
Comme si ma maison fût une hôtélerie.

S'engager jusqu'aux yeux, pour prendre chez Gerbaut
Du Damas, du Satin, et tout ce qu'il luy faut,
La peur de prendre mal : un c n insatiable :

Estre toujours dessus, ou toujours estre auprès,
Font, sans payer en sot, ni faire l'agréable,
Que me branlant le v., je fous à petit frais.

De ce v. que tu vois, apprens, ambitieux,
Comme on traitte les v. sur la croupe jumelle,
Ce v. qu'ores tu vois qui va trainant de l'aile,
Est l'exemple parfait des v. audacieux.

Grimpant sur l'Hélicon, un Dieu malicieux
Luy arracha le nez, et creva la prunelle,
Et Thalie, escrimant d'une vieille allumelle,
Le rendit sans oreille, aussi bien que sans yeux.

Mais quoy qu'estropié d'yeux, de nez, et d'oreille,
Parmy ces neuf Putains encor fit-il merveille,
Aculant a deux doits du Bordel la Vertu ;

Et n'eût esté Méduse à la laide grimace,
Qui empierra ce v. de malheur combatu,
Il foutoit Apollon, et Pegase, et Parnasse.

Maudite soit la nuit par trop brunette,
Et le trouppeau des Astres assemblez,
Trop peu luisans alors que dans les blez
J'estocadois le ventre de Tiennette.

Mieux m'eut valu qu'elle eut esté Nonnette,
Et que mes yeux eussent esté troublez,
D'un fort sommeil alors qu'estions couplez,
Et que son cas me servoit de brayette.

Je n'eusse hélas ! enduré tant de maux,
Comme j'ay fait, qui or' comme animaux
Rongent le frein de ma triste mentule ;

Et n'eusse aussi dans mes chausses logé
Je ne sais quoy, qui m'a tant outragé
Qu'au lieu d'aller en avant, je recule.

Beaux sont ces bois épais, belle cette prérie,
Belles ces vives fleurs, et beaux ces verts rameaux,
Beau le crystal coulant de ces petits ruisseaux,
Beau le divers email de cette herbe fleurie.

Beaux les derniers accens qu'un doux Echo marie,
Aux charmes amoureux de mes chants tout nouveaux,
Beaux les riches epis de ces jaunes tuyaux,
Beaux les airs qu'un Berger sur sa flûte varie.

Beaux les seps amoureux où pendent ces raisins,
Beaux les courbez valons de ces coteaux voisins,
Beau cet antre, où parfois avec toy je sommeille ;

Mais toutes ces beautez, mon Alcine, crois moy,
Cédent à la beauté de ta motte vermeille
Que je tiens maintenant, assis auprés de toy.

Si tôt que le sommeil au matin m'a quitté,
Mon premier souvenir est le c. de Nérée,
De qui la motte ferme, et la barbe dorée
Égale ma fortune à l'immortalité.

Mon v. de qui le foutre est la félicité,
S'allonge incontinent à si douce curée,
Et d'une échine roide au combat préparée,
Montre que sa colère est à l'extrémité.

La douleur que j'en ay m'ôte la patience,
Car de me le branler, c'est cas de conscience;
Ne me le branler point, ce sont mille trépas.

Je fays ce que je puis afin qu'il se contienne;
Mais en l'amadoüant, je ne m'apperçois pas
Qu'il me crache en la main sa fureur, et la mienne.

C'est à bon droit, belle main, que je doy
Priser, vanter, chérir ta bonne grace;
Par ton secours aisément je me passe
Du sexe ingrat, sans amour, et sans foy.

En m'ébatant un quart d'heure avec toy,
Les feux d'amour je convertis en glace,
Malgré leurs dents les plus fières j'embrasse;
Et fays cocus l'Empereur, et le Roy.

Argent, ne temps ne me faut point dépendre,
Nouveaux venus ne me font point attendre,
Mon temps je passe, et suis chaste tenu;

Tu m'affranchis de chancre, et de vérole,
De Maître Ambroise, et de Maître Nicole,
Et le Gajac par toy m'est inconnu.

Un visage à l'antique, une vieille Cybèle,
Qui sans estre lassée, un chacun a [laissé],
Qui dès le berceau même a ce train commencé,
Et ne se souvient point d'avoir esté pucelle.

Vieille mule au frein d'or, qui pour faire la belle,
Couvre de fard sa jouë, et son front crevassé,
Et voyant son crédit, comme son temps, passé,
Afin d'y revenir veut estre maquerelle.

Et pour premier essay de son nouveau savoir,
La vieille enchanteresse entreprend d'emouvoir
Par ses propos rusez la Beauté qui m'affole ;

O Ciel ! pour me venger de ses malheureux tours,
Fay que ceux qu'elle paye, en ses chaudes amours
Ay'nt le membre aussi mou qu'elle a la fesse molle.

Elle a trop fait pour moy de m'estre impitoyable,
Car ses seules faveurs me font frémir de peur,
Et si j'en recevois, pour décharger mon cœur
J'yrois rendre ma gorge au fonds de quelque étable.

Le parfum de sa bouche est chose insupportable,
Et sa chair rousse et noire a tant de puanteur,
Que pour me garantir d'une telle senteur,
Je fay l'amour de loin, dont je luy sers de fable.

Ainsi sa cruauté m'est cause de plaisir,
Car de la bien sentir je n'ay pas le loisir,
Feignant ne l'approcher, pour la voir si rebelle ;

Un jour je la priois, mais s'elle eût dit ouy,
En m'écriant de peur, je me fusse enfuy ;
Car sa seule rigueur me fait estre fidelle.

Sainte mère d'amour, et toy Père Priape
Puissant Dieu des jardins, vigoureux rougissant,
Las! voyez en pitié ce Catze languissant,
Aussi mou qu'une trippe, ou la c...lle d'un Pape.

Le pourpre est effacé qui coloroit sa chappe,
Il n'a plus le port fier, terrible, et menaçant;
Mais dès qu'il treuve un c.n, sa dague il va baissant,
Et me faut rendre au bord le foutre qui m'échappe.

Donc, saintes Déitez, guérissez ma langueur,
Et soufflez en mon v. ma première vigueur,
Que la fièvre traîtresse a finement ravie;

Ou bien s'il ne vous plaît contenter mon desir,
Ne souffrez que je vive exempt de ce plaisir,
Car si je suis sans v., je veux estre sans vie.

Je ne connus jamais femme de tel courage,
Ni d'un si haut esprit, qui veut tout embrasser,
Un seul de tant d'amans on ne luy voit chasser,
A tous également sa franchise elle engage.

Par des regars trompeurs, et par un doux visage,
Elle peut, à son gré les esprits enlasser,
Et ne se lasse point d'attraire et pourchasser
Un Prince maintenant, et maintenant un Page.

Pour savoir bien danser le muguet est aymè;
L'autre chante assez bien; et l'autre est estimé
Pour ce qu'il fait des vers; l'autre est de bonne mise.

Et bien soit, de par Dieu, je ne l'en veux blâmer;
Mais il me fâche fort de luy voir tant aymer
Ce sot qui ne fait rien que fraiser sa chemise.

Le fruit d'amour, trop longtemps attendu,
Pert sa saison, et n'est plus agréable,
Pour un amy, vous rendre redevable,
Donnez-le tôt, ou bien il est vendu.

Non, toutesfois, qu'il vous soit défendu
De mettre à prix de peine raisonnable,
Ou qu'il en faille estre si charitable
Que pour chacun au croc il soit pendu.

Mais je voudrois que sans longue poursuite ;
A un amy l'on en fit charité,
Voire devant qu'il le gagne et mérite ;

Car le donnant quand il l'a mérité,
C'est récompense, et plutôt on s'acquite,
Qu'on ne fait grace et libéralité.

Ne laissez point de faire amour nouvelle,
De peur d'entrer en un nouveau tourment,
Ou d'estre dit, par votre changement,
Volage Amant, ou leger de cervelle.

Puis-qu'en amour de douceur n'est point telle,
Ni le plaisir tel qu'au commencement,
Qui veut toûjours treuver contentement,
Faut que l'amour souvent il renouvelle..

Un vieil amour, ainsi qu'un habit vieux,
Pert sa façon, et devient ennuyeux,
Et même l'or au temps se décolore ;

Tout le plaisir d'amour, est sur le point
Que l'on prétend d'avoir ce qu'on n'a point,
Ou que l'ayant, on en est las encore.

Un Mignon circoncis, sorty de la fontaine
Des Marrans (?) plus fameux, dont son nom est venu,
Qui d'un prêt usurier a crû son revenu,
Et s'est venu camper d'Avignon en Touraine.

Un amoureux, punais, du nez et de l'haleine,
Par ses faits importuns nouvellement connu,
Qui n'a qu'un des témoins, encore bien menu,
Et marche à pas contez comme un vieux Capitaine.

Le gentil babouïn, pour plus s'autoriser,
Ose aymer ma maîtresse, et la pense epouser,
Crucifiant d'ennuy mon ame languissante ;

Mais, ô fils d'Abraham, source de ma douleur,
Tu peux bien, sans profit, amortir ta chaleur ;
Car de ton bois punais la flame est trop puante.

Forget, au nez tortu, qui forgez sans mesure
En dépit d'Apollon, tant de vers mal rymez,
Et qui blâmant les Juifs, vos parens diffamez,
Comme un maudit enfant, et de traître nature.

Si votre nez punais désormais s'aventure
A lâcher dessus moy ses traits envenimez,
Je consens que mes vers ne soyent plus renommez,
Au cas que d'un tel sot je ne venge l'injure.

Je puis, si j'en veux prendre une heure de loisir
Pour réjoüir la France, et me donner plaisir,
Ourdir par mes écrits un cordeau pour vous pendre ;

Mais il ne le faut pas, car sans m'en travailler,
Le collier quelque jour je vous verrais bailler,
Pour l'argent dérobbé que vous ne sauriez rendre.

TABLE DES MATIÈRES